LUCKY LUKE

Stacheldraht auf der Prärie

ZEICHNUNGEN: MORRIS
TEXT: RENÉ GOSCINNY

EGMONT · BERLIN

Was die vielen Freunde der deutschsprachigen Abenteuer von Lucky Luke
schon immer wissen wollten ...

Das erste bei Egmont Ehapa erschienene Album des lonesome Cowboy trägt die Nummer 15. Gibt es etwa 14 davor publizierte, mittlerweile nicht mehr lieferbare Bände? Die Antwort ist: Nein! Bis zum Jahre 1978 erschienen in nicht chronologischer Reihenfolge insgesamt 14 Abenteuer im Programm des Koralle-Verlags. Als Morris sich entschlossen hatte, die Rechte für alle weiteren Bände an Egmont Ehapa zu vergeben, musste der Verlag seine neuen Titel mit der Nummerierung 15 beginnen lassen, um Missverständnisse gegenüber den damals noch erhältlichen bisherigen Titeln zu vermeiden. Als die Verträge für diese 14 Bände schließlich ausgelaufen waren, konnte Egmont Ehapa sie nach und nach allesamt in seine Reihe integrieren.

Wer wissen will, um welche Abenteuer es sich handelt, findet hier die detaillierte Aufstellung:

Band 1 Dicke Luft in Dalton City entspricht Band 36 Dalton City
Band 2 Lucky Luke und der Kopfgeldjäger entspricht Band 43 Der Kopfgeldjäger
Band 3 Lucky Luke und der Großfürst entspricht Band 46 Der Großfürst
Band 4 Rächer der Enterbten entspricht Band 38 Jesse James
Band 5 Die verrückte Erbschaft entspricht Band 53 Die Erbschaft von Rantanplan
Band 6 Heiße Hits aus Mexiko entspricht Band 28 Tortillas für die Daltons
Band 7 Ma Daltons saubere Früchtchen entspricht Band 47 Ma Dalton
Band 8 Lucky Luke und der weiße Reiter entspricht Band 50 Der weiße Kavalier
Band 9 Die Geisterstadt entspricht Band 64 Goldrausch
Band 10 Die Daltons werden kuriert entspricht Band 54 Die Daltons und der Psycho-Doc
Band 11 Eine Woche Wilder Westen entspricht Band 66 Eine Woche Wilder Westen
Band 12 Western Circus entspricht Band 62 Western Circus
Band 13 Apachen-Canyon entspricht Band 61 Der Apachen-Canyon
Band 14 Der Kaiser von Amerika entspricht Band 57 Der Kaiser von Amerika

„Lucky Luke – Stacheldraht auf der Prärie“
Zeichnungen: Morris
Text: René Goscinny
Aus dem Französischen von Gudrun Penndorf M.A.
Deutsche Textbearbeitung: Adolf Kabatek
Originaltitel: „Des Barbelés sur la prairie“

Nachdruck 2022
EGMONT EHAPA MEDIA GMBH, Berlin
Egmont Verlagsgesellschaften mbH, Berlin
Verantwortlicher Redakteur: Wolf Stegmaier
Produktmarketing: Karoline Westermeyer Benz
Herstellung: Stefanie Günther

Printed in the EU
ISBN der gebundenen Ausgabe: 978-3-7704-0145-1

Wenn Sie mehr über den lonesome Cowboy erfahren möchten,
hier werden Sie fündig:
www.egmont-shop.de
www.egmont-comic-collection.de
www.lucky-luke.com
@egmont_comic_collection

STACHELDRAHT AUF DER PRÄRIE
LANGE ZEIT WAREN DIE WEITEN EBENEN DES AMERIKANISCHEN WESTENS DAS UNEINGESCHRÄNKTE REICH DER RINDERZÜCHTER. UNVORSTELLBAR GROSSE HERDEN WURDEN DA ZU DEN MÄRKTEN, SCHLACHTHÖFEN ODER VERLADESTATIONEN GETRIEBEN...
DIE RINDER ERNÄHRTEN SICH UNTERWEGS VON DEN UNERMESSLICHEN, FETTEN WEIDEN DER PRÄRIE...
IHRE HIRTEN WURDEN - WIE MAN WEISS - WELTBEKANNT UNTER DEM NAMEN "COWBOYS"!
HARTE MÄNNER, DIE DEN GRÖSSTEN TEIL IHRES LEBENS MIT LOCKER SITZENDEN COLTS IM SATTEL VERBRACHTEN...
1A
DIE COWBOYS WURDEN VON KÜCHEN AUF RÄDERN VERPFLEGT, DEN "CHUCK WAGGONS", DEREN KÜCHENCHEFS OFT MERKWÜRDIGE VORSTELLUNGEN VON DER KOCHKUNST HATTEN...
XXX
FÜR EINEN GUTEN KAFFEE FEUCHTET MAN EIN PFUND KAFFEE MIT WASSER AN UND LÄSST ALLES ZUSAMMEN EINE HALBE STUNDE KÖCHELN. DANN MACHT MAN DIE HUFEISENPROBE. GEHT DAS EISEN UNTER, WAR'S ZU WENIG KAFFEE...
DIE HERDEN GEHÖRTEN UNGEHEUER REICHEN MÄNNERN, DEN "CATTLE KINGS": EINER VON DIESEN RINDERKÖNIGEN WAR CASS CASEY, DER COW GULCH ZU SEINEM HAUPTQUARTIER AUSERKOREN HATTE.
COW GULCH SALOON ZUM BEEFSTEAK
CASS CASEY WAR DER PROTOTYP EINES VIEHZÜCHTERS. ER DACHTE, ASS UND WAR NUR FLEISCH.
1B

SPÄTER DANN HIELTEN NEUE EINWANDERER SCHÜCHTERN EINZUG AUF DEN WEITEN EBENEN DES WESTENS...
SIE HATTEN IHR LAND VON DER REGIERUNG GEKAUFT UND DACHTEN MIT VOLLEM RECHT, DASS DIESER FRUCHTBARE BODEN AUCH ANDERE DINGE ALS NUR WEIDEGRAS HERVORBRINGEN KÖNNTE.
JAU! WIR SIND RICHTIG HIER, AMALIE! UNSER EIGENTUM ERSTRECKT SICH VON DA NACH DA UND VON DA NACH DA!
DIESE SIEDLER WAREN FARMER...
ICH GLAUB, WIR SIND DA, AMALIE. GIB MIR MAL DIE KARTE!
DIE FARMER HATTEN ALLERDINGS EIN WENIGER ROMANTISCHES FLUIDUM ALS DIE COWBOYS...
... IHRE WAFFE WAR DER PFLUG...
HÜ, BRUNO!
... IHR IDEAL EIN FRIEDLICHES LEBEN...
HOME SWEET HOME
GEORG KRAUT WAR EINER VON IHNEN.
GEORG, DER TEE IST FERTIG!
ICH KOMM GLEICH, AMALIE! ICH GIESS NUR NOCH UNSERE BLUME! DU WIRST SEHEN, BALD HABEN WIR HIER BEETE MIT BLUMEN, TOMATEN UND SALAT!
MORRIS & GOSCINNY

SO... JETZT GEHEN MIR DIE VÖGEL NICHT AN MEINE BLUME...
WAS IST DAS FÜR EIN ENTSETZLICHER LÄRM, GEORG?
HÖRT SICH AN WIE EIN GEWITTER. ICH SCHAU MAL NACH...
!??
RUNTER MIT IHREM VIEH VON MEINEM LAND!
WAS BRAUCHT IHR LAND MITTEN AUF UNSEREM WEG ZU LIEGEN?
RAUS, DU BLÖDES VIEH! KSCH! KSCHSCH!
BUD, ICH GLAUB, EINS VON UNSERN RINDERN IST IN DEM HAUS DA DRIN!
DANN HOLEN WIR'S EBEN WIEDER RAUS, SAM...
MUUUUH!
WAS FÜR MANIEREN, SAM!? SIEHST DU NICHT, DASS WIR'S MIT 'NER DAME ZU TUN HABEN?
OH! 'TSCHULDIGUNG...

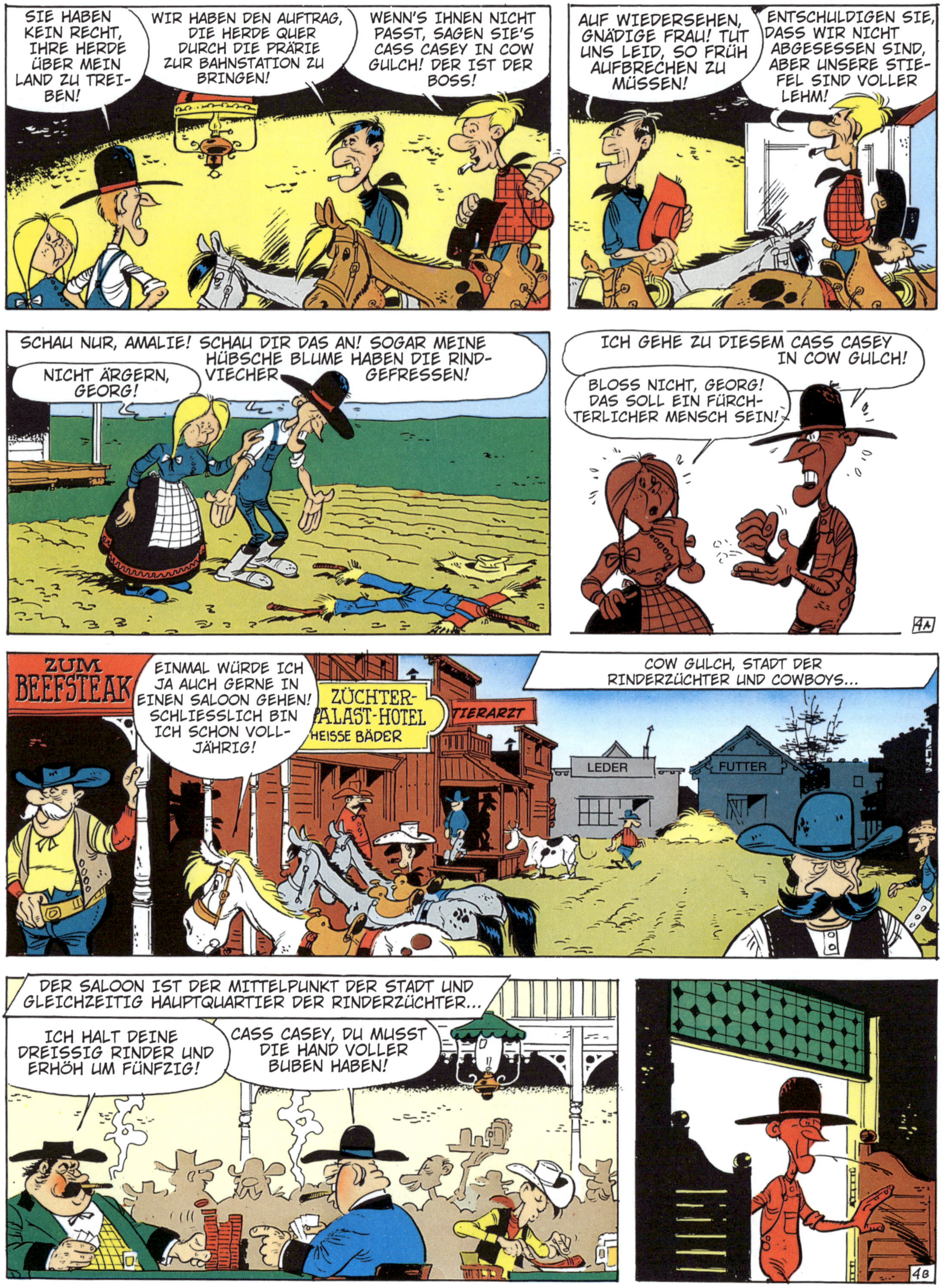
SIE HABEN KEIN RECHT, IHRE HERDE ÜBER MEIN LAND ZU TREIBEN!
WIR HABEN DEN AUFTRAG, DIE HERDE QUER DURCH DIE PRÄRIE ZUR BAHNSTATION ZU BRINGEN!
WENN'S IHNEN NICHT PASST, SAGEN SIE'S CASS CASEY IN COW GULCH! DER IST DER BOSS!
AUF WIEDERSEHEN, GNÄDIGE FRAU! TUT UNS LEID, SO FRÜH AUFBRECHEN ZU MÜSSEN!
ENTSCHULDIGEN SIE, DASS WIR NICHT ABGESESSEN SIND, ABER UNSERE STIEFEL SIND VOLLER LEHM!
SCHAU NUR, AMALIE! SCHAU DIR DAS AN! SOGAR MEINE HÜBSCHE BLUME HABEN DIE RINDVIECHER GEFRESSEN!
NICHT ÄRGERN, GEORG!
ICH GEHE ZU DIESEM CASS CASEY IN COW GULCH!
BLOSS NICHT, GEORG! DAS SOLL EIN FÜRCHTERLICHER MENSCH SEIN!
4A
ZUM BEEFSTEAK
EINMAL WÜRDE ICH JA AUCH GERNE IN EINEN SALOON GEHEN! SCHLIESSLICH BIN ICH SCHON VOLLJÄHRIG!
ZÜCHTER-PALAST-HOTEL
HEISSE BÄDER
TIERARZT
COW GULCH, STADT DER RINDERZÜCHTER UND COWBOYS...
LEDER
FUTTER
DER SALOON IST DER MITTELPUNKT DER STADT UND GLEICHZEITIG HAUPTQUARTIER DER RINDERZÜCHTER...
ICH HALT DEINE DREISSIG RINDER UND ERHÖH UM FÜNFZIG!
CASS CASEY, DU MUSST DIE HAND VOLLER BUBEN HABEN!
4B

MR. CASEY!
YEAH?
MR. CASEY, EINE VON IHREN HERDEN HAT MEIN LAND ÜBERQUERT UND ALLES ZERTRAMPELT UND MEINE BLUMEN AUFGEFRESSEN! ICH BITTE SIE, DAFÜR ZU SORGEN, DASS DAS NICHT NOCH MAL PASSIERT! AUF DER PRÄRIE IST DOCH FÜR ALLE PLATZ!
NEIN! DIE PRÄRIE IST NICHT FÜR ALLE DA! SIE GEHÖRT DEM RINDVIEH! UND DAS RINDVIEH BIN ICH!
UND VON EINEM FARMER LASS ICH MIR SCHON GAR NICHTS SAGEN!
HIER STEHT'S ABER SCHWARZ AUF WEISS, DASS DIE FARM MIR GEHÖRT UND...
COWBOYS! SOLLEN WIR DEM FARMERLEIN MAL LEBENSART BEIBRINGEN?
ALLE HERSCHAUEN! WIR WERDEN IHN JETZT GLEICH SEIN PAPIER AUFESSEN LASSEN... ALS HENKERSMAHLZEIT!
GENAU!
???
?
NEIN!

HABEN SIE WAS GESAGT, FREMDER?
JA! SIE WERDEN MICH NICHT BEIM ESSEN STÖREN, INDEM SIE EINEN EINZELNEN UNBEWAFFNETEN MANN ANGREIFEN!
UND WIESO TUN SIE EIGENTLICH SO GROSS MIT IHREN RINDERN, WENN DANN DOCH NUR SO ZÄHE STEAKS DABEI HERAUSKOMMEN?
MEINE STEAKS UND ZÄH? SIE WAGEN ES, MEINE RINDER ZU BELEIDIGEN? DIE SIND MIR SO LIEB WIE ALLE ANDEREN BÜRGER DIESER STADT!
ALLE RAUS!
UND JETZT ZIEH, COWBOY!
NICHT, BEVOR ICH DAS STEAK AUFGEGESSEN HAB! ES IST EIN ZÄHER GEGNER, ABER ICH GEB MICH NICHT GERNE GESCHLAGEN...
PENG! PENG!
PENG! PENG!
KLÄNG!
?!?!
TJA, SIE SIND LÄNGST NICHT SO HART WIE IHRE STEAKS, CASEY!
MORRIS & GOSCINNY

LUCKY LUKE!
ER LEBT!
SIEHT GANZ SO AUS!
SIE SOLLTEN BESSER WIEDER ZU IHRER FARM ZURÜCKKEHREN! ICH BEGLEITE SIE!
DEM SALATPFLANZER UND SEINEM SCHUTZENGEL WERD ICH ZEIGEN, WAS EINE HARKE IST! TREIBT SO VIELE RINDER ZUSAMMEN WIE IRGEND MÖGLICH!
7A
MITTLERWEILE...
WIR SIND DA, MR. LUKE!
ALSO DANN! ICH VERABSCHIEDE MICH, MISTER KRAUT!
ABER NEIN, ABER NEIN! SIE HABEN MIR DAS LEBEN GERETTET! SIE MÜSSEN UNBEDINGT ZUM ESSEN BLEIBEN! BITTE!
ICH WAR DOCH NUR AUF DER DURCHREISE!
WO IST ER DENN JETZT, DER SAGENHAFTE SALAT?
SPÄTER...
ACH, WAR DAS GUT NACH DER SCHUHSOHLE VON VORHIN! SO EINE MAHLZEIT BEKOMMT EIN COWBOY NICHT ALLE TAGE!
ACH, ICH BITTE SIE! SO ETWAS EINFACHES: GEMÜSESUPPE, BRATHÄHNCHEN MIT JUNGEN ERBSEN UND FRISCHER KOPFSALAT MIT TOMATEN!
DEIN KÜRBISKUCHEN IST ABER AUCH WUNDERBAR, AMALIE!
MORRIS & GOSCINNY
HOME SWEET HOME
WAS FÜR EIN LÄRM! DER BODEN BEBT...
7B

BLEIBEN SIE... ICH SCHAU NACH!
DA KOMMEN DOCH SCHON WIEDER DIESE BLÖDEN RINDVIECHER!
HOME SWEET HOME
SCHEPPER!
KLAPPER!
KLING!
WENN MAN BEDENKT, DASS DIE FARMER IM OSTEN NUR GEGEN MAULWÜRFE, AMEISEN UND REBLÄUSE ZU KÄMPFEN HABEN!
PACKEN WIR'S AN, JOLLY JUMPER!
HOFFENTLICH IST ES NICHT SO WEIT BIS ZU DEM SALAT! SCHÄTZE, WIR REITEN JETZT ENDLICH DA HIN?
MORRIS & GOSCINNY
MUUUH!
MUUUH!
8A
EINEN MOMENT, KAMERADEN! IHR HABT GENUG PLATZ, UM EURE RINDER UM DIE FARM UND DIE BEETE VON MR. KRAUT HERUMZUTREIBEN!
HE, JUNGS! DER FARMER HAT SICH 'NE NEUE VOGELSCHEUCHE FÜR SEINE SALATBEETE GELEISTET! DIE IST JA NOCH HÄSSLICHER ALS DIE ALTE!
MACHEN WIR LÖCHER REIN?
PENG!
PENG!
PENG!
JOLLY, DU SOLLST NICHT IMMER WACKELN, WENN ICH ZIELE!
KANN ICH WAS DAFÜR, WENN MEIN TEMPERAMENT MIT MIR DURCHGEHT?
INZWISCHEN...
DU MIT DEINEM ORDNUNGSFIMMEL! WO HAST DU DIE PATRONEN HINGERÄUMT? ICH MUSS DOCH LUCKY LUKE HELFEN!
8B

HOFFENTLICH IST'S NICHT ZU SPÄT!
?
DIE KAMERADEN HIER HABEN ES VORGEZOGEN, SICH ZU ERGEBEN, ANSTATT ZU DISKUTIEREN.
ER HAT UNSERE VIER HÜTE MIT DREI KUGELN RUNTER-GESCHOSSEN!
JA, BEI DEN ERSTEN BEIDEN HÜTEN HABE ICH FÜR JEDEN EINE KUGEL GEBRAUCHT, WEIL JOLLY JUMPER GEWACKELT HAT!
SO, IHR KÖNNT ZU FUSS NACH COW GULCH ZURÜCKMARSCHIEREN! UM DIE HERDE KÜMMERE ICH MICH PERSÖNLICH...
MAN MECKERT ZWAR ÜBER SEINE MITARBEITER... ABER BRAUCHEN TUT MAN SIE DOCH IMMER WIEDER.
9A
JAHUUU!
DER SPINNT, DER TYP!
DONNER!
DRÖHN!
INZWISCHEN IN COW GULCH...
JETZT MÜSSTEN MEINE LEUTE DIE FARM PLATT GEWALZT HABEN! BIN GESPANNT, WAS SIE ERZÄHLEN!
HÖR MAL! ES DONNERT! WÄR JA GUT, WENN'S BALD MAL WIEDER REGNEN WÜRDE!
WUMMER! STAMPF!
KREDIT NUR AN GEHÄNGTE
KREDIT NUR AN GEHÄNGTE
MORRIS & GOSCINNY
9B

SETZE FÜNFZIG RINDER!
ICH GLAUB, DIE SEH ICH BALD!
KRACKS!
MUUUUH!
MUUUUH!
ZÜCHTER-PALAST-HOTEL
SALOON
NICHTS MEHR FREI! GLAUB'S DOCH!
RAUS, DU RINDVIEH! MEINE BADEWANNE IST KEINE TRÄNKE!
TIERARZT
DAS IST DAS ERSTE MAL, DASS MEINE PATIENTEN MICH ZU HAUSE KONSULTIEREN!
WER VON EUCH HAT DIE KUH INS KLASSENZIMMER GEBRACHT? SOFORT MELDEN!
SIE WÜNSCH...
MUUUH!
LEDER
AH! DA SEID IHR JA! WIE WAR'S BEI DEM FARMER DRAUSSEN?
ÄH... DA WAR DIESER LUCKY LUKE! EIN TEUFELSKERL! WENN DER ZIEHT! GEGEN DEN IST SELBST JESSE JAMES EIN ANFÄNGER!
DIESER LUCKY LUKE KANN WAS ERLEBEN!
MUUUUH!

NICHT ÄRGERN, GEORG!
DOCH, AMALIE, UND WENN DIE ÄRGER HABEN WOLLEN, SOLLEN SIE IHN HABEN!
ICH WERD MEIN LAND RINGSHERUM MIT STACHELDRAHT EINZÄUNEN!
STACHELDRAHT?
HOME SWEET HOME
STACHELDRAHT AUF DER PRÄRIE IST FÜR DIE RINDERZÜCHTER EINE TÖDLICHE BELEIDIGUNG. NICHT AUSZUDENKEN, WIE SIE DARAUF REAGIEREN WERDEN!
DAS IST MIR SCHNURZPIEPEGAL! ICH GEH JETZT STACHELDRAHT KAUFEN, NATÜRLICH NICHT IN COW GULCH, SONDERN IN YELLOW FEVER CITY!
GEORG!
KEINE ANGST, MRS. KRAUT, ICH GEH MIT!
MORRIS & GOSCINNY
IN YELLOW FEVER CITY...
NEUER PFLUG GEFÄLLIG? STOFF FÜR DIE GNÄDIGE FRAU? WAFFEN? SAATGUT? DIE NEUESTEN JOURNALE AUS PARIS? ACKERGÄULE? EINEN...
XXX
MOLASSES
NEIN! ICH WILL 10 ROLLEN STACHELDRAHT!
STACHELDRAHT?
DEN LETZTEN, DER HIER STACHELDRAHT IM ANGEBOT HATTE, HABEN SIE MIT SEINEM EIGENEN DRAHT GEFESSELT, GETEERT UND GEFEDERT AUS DER STADT GEJAGT! ER VERKAUFT JETZT BLUMENDRAHT!
DANN BESTELL ICH EBEN DEN STACHELDRAHT PER TELEGRAMM AUS DEM OSTEN ÜBER DEN VERTRETER DER POSTKUTSCHENGESELLSCHAFT!
GEORG, HÖREN SIE!
KAUFEN SIE DOCH WAS ANDERES! SCHIESSPULVER! DYNAMIT! EGAL WAS! SIE KRIEGEN JEDE MENGE RABATT! ICH SCHENK IHNEN AUCH NOCH WAS FÜR IHRE KINDER!
XXX
118

ABER, STEWART, MÜSSEN WIR DENN WIRKLICH SO SCHNELL VON HIER WEG?
STACHELDRAHT AUF DER PRÄRIE... DAS BEDEUTET KRIEG! HABEN WIR AUCH WIRKLICH NICHTS VERGESSEN, GRAZIELLA?
SUPERMARKT YELLOW FEVER CITY
SOAP
STACHELDRAHT?!?
LOS, ERLEDIGEN SIE DAS TELEGRAMM! OHNE KOMMENTAR!
TELEGRAPH
TELEGRAPH
WEGEN AMTSNIEDERLEGUNG GESCHLOSSEN!
IM OSTEN, IN EINEM BÜRO DER POSTKUTSCHENGESELLSCHAFT...
HE, HUMPHREY! EINE PARTIE STACHELDRAHT FÜR DIE GEGEND VON COW GULCH!
STACHELDRAHT FÜR COW GULCH?
SIEH EINER AN! FÜR EINE SOLCHE INFORMATION LÄSST CASS CASEY BESTIMMT EIN PAAR MÄUSE SPRINGEN! WERDE GLEICH TELEGRAPHIEREN!
EINIGE TAGE SPÄTER...
ICH HAB SCHON GOLD, DYNAMIT, BILLY THE KID UND DIE DALTONS TRANSPORTIERT! ABER STACHELDRAHT FÜR EINE VIEHZÜCHTERGEGEND... DAS IST SCHLIMMER ALS ALLES ZUSAMMEN!
JAU! UNSERE PASSAGIERE WÜRDEN NICHT IM TRAUM DARAN DENKEN!
PENG! PENG! PENG!
AUS DER TRAUM!
HÜ! HÜAAAA!
MORRIS & GOSCINNY

BRRRRRRR!
DIE PASSAGIERE KÖNNEN IHREN PLUNDER BEHALTEN! DAS INTERESSIERT UNS NICHT! KUTSCHER UND BEGLEITER STEIGEN IN DIE KUTSCHE! LOS, JUNGS, SPANNT DIE PFERDE AUS UND LADET DEN STACHELDRAHT AB! ABER LASST MIR EINE ROLLE DA!
IN COW GULCH...
DIE POSTKUTSCHE HAT VERSPÄTUNG... DAS GEFÄLLT MIR ABER GAR NICHT...
DA KOMMEN EIN PAAR REITER...
POSTSTATION
POSTSTATION
EIN KLEINES ANDENKEN, FARMER!
SCHNELL! WIR MÜSSEN SCHAUEN, WAS MIT DER POSTKUTSCHE PASSIERT IST!
GEHT'S NICHT SCHNELLER?
WENN SIE GLAUBEN, DAS GINGE SO SCHNELL MIT EINER NAGELFEILE? DAS ZEUG IST SOLID!
morris & Goscinny

WAS IST DENN MIT IHNEN PASSIERT?
ENDLICH HILFE!
... UND DANN HABEN SIE GESAGT, DASS SIE MIT DEM FARMER, DER DEN STACHELDRAHT BESTELLT HAT, NICHT LANGE FACKELN WOLLEN!
ZURÜCK ZU IHRER FARM, GEORG! ES GEHT UM JEDE SEKUNDE!
JA, UND WIR? HE!
NA, DANN GEBEN SIE MAL DIE NAGELFEILE WIEDER HER... IN ZUKUNFT NEHME ICH NUR NOCH POSTKUTSCHEN, DIE GÄNSELEBERPASTETE TRANSPORTIEREN!
SPÄTER...
MEINE FARM!
BUHUHUUU...
SCHORSCHI! WIR HÄTTEN NIE IN DIESES LAND ZIEHEN DÜRFEN! SCHAU, WAS SIE UNS ANGETAN HABEN, ALS DU WEG WARST.
SIE WERDEN MICH NICHT VERTREIBEN! DAS IST MEIN LAND! ICH BLEIBE!
ICH HELFE IHNEN, GEORG!
JETZT BESORGE ICH IHNEN SELBST NEUEN STACHELDRAHT!
UND ICH BAU EIN NEUES HAUS!
WENN DAS SO IST... DANN MÖCHTE ICH DIESMAL GERN EINE GRÖSSERE KÜCHE UND BITTE AUCH EINE ABSTELLKAMMER! UND KÖNNTEN SIE MIR VIELLEICHT FÜR DIE VORHÄNGE ROTEN BAUMWOLLSTOFF MITBRINGEN? ABER BITTE NICHT SO KNALLROT, SONDERN MEHR INS ROSA GEHEND... BLABLABLA... BLABLABLA...
MORRIS & GOSCINNY 14 B

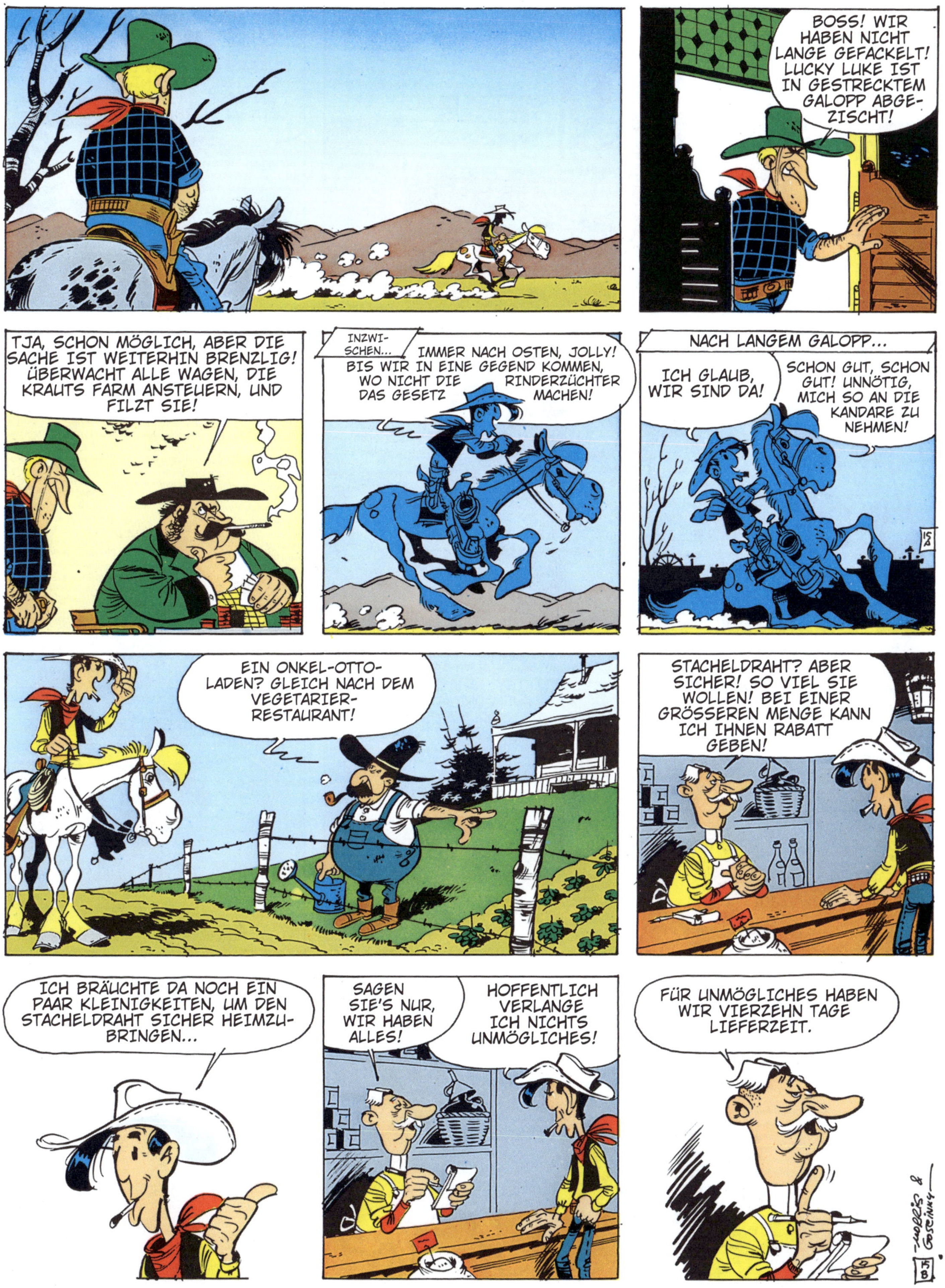

BOSS! WIR HABEN NICHT LANGE GEFACKELT! LUCKY LUKE IST IN GESTRECKTEM GALOPP ABGEZISCHT!
TJA, SCHON MÖGLICH, ABER DIE SACHE IST WEITERHIN BRENZLIG! ÜBERWACHT ALLE WAGEN, DIE KRAUTS FARM ANSTEUERN, UND FILZT SIE!
INZWISCHEN...
IMMER NACH OSTEN, JOLLY! BIS WIR IN EINE GEGEND KOMMEN, WO NICHT DIE RINDERZÜCHTER DAS GESETZ MACHEN!
NACH LANGEM GALOPP...
ICH GLAUB, WIR SIND DA!
SCHON GUT, SCHON GUT! UNNÖTIG, MICH SO AN DIE KANDARE ZU NEHMEN!
EIN ONKEL-OTTO-LADEN? GLEICH NACH DEM VEGETARIER-RESTAURANT!
STACHELDRAHT? ABER SICHER! SO VIEL SIE WOLLEN! BEI EINER GRÖSSEREN MENGE KANN ICH IHNEN RABATT GEBEN!
ICH BRÄUCHTE DA NOCH EIN PAAR KLEINIGKEITEN, UM DEN STACHELDRAHT SICHER HEIMZUBRINGEN...
SAGEN SIE'S NUR, WIR HABEN ALLES!
HOFFENTLICH VERLANGE ICH NICHTS UNMÖGLICHES!
FÜR UNMÖGLICHES HABEN WIR VIERZEHN TAGE LIEFERZEIT.
MORRIS & GOSCINNY

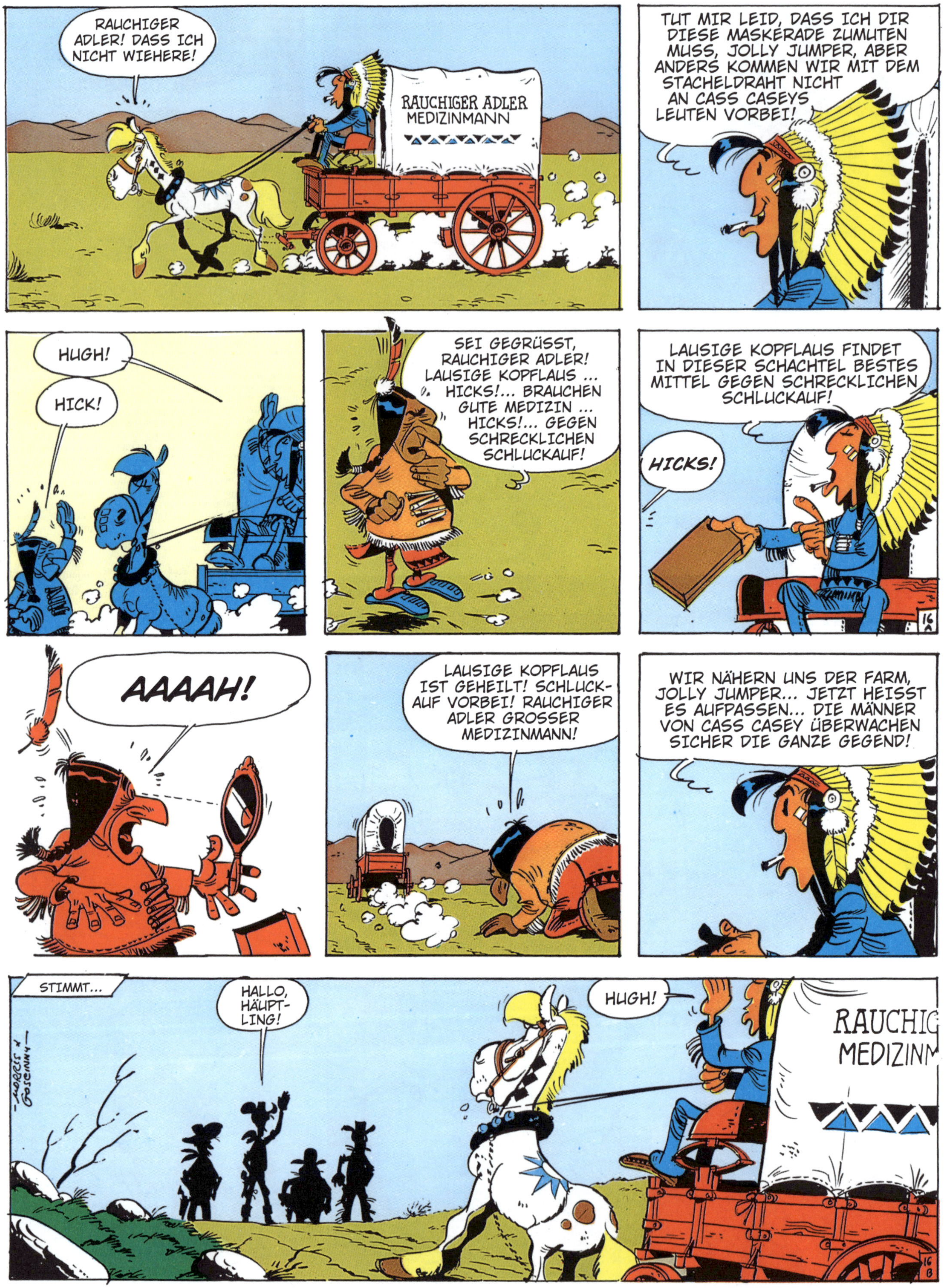
RAUCHIGER ADLER! DASS ICH NICHT WIEHERE!
RAUCHIGER ADLER MEDIZINMANN
TUT MIR LEID, DASS ICH DIR DIESE MASKERADE ZUMUTEN MUSS, JOLLY JUMPER, ABER ANDERS KOMMEN WIR MIT DEM STACHELDRAHT NICHT AN CASS CASEYS LEUTEN VORBEI!
HUGH!
HICK!
SEI GEGRÜSST, RAUCHIGER ADLER! LAUSIGE KOPFLAUS ... HICKS!... BRAUCHEN GUTE MEDIZIN ... HICKS!... GEGEN SCHRECKLICHEN SCHLUCKAUF!
LAUSIGE KOPFLAUS FINDET IN DIESER SCHACHTEL BESTES MITTEL GEGEN SCHRECKLICHEN SCHLUCKAUF!
HICKS!
AAAAH!
LAUSIGE KOPFLAUS IST GEHEILT! SCHLUCKAUF VORBEI! RAUCHIGER ADLER GROSSER MEDIZINMANN!
WIR NÄHERN UNS DER FARM, JOLLY JUMPER... JETZT HEISST ES AUFPASSEN... DIE MÄNNER VON CASS CASEY ÜBERWACHEN SICHER DIE GANZE GEGEND!
STIMMT...
HALLO, HÄUPTLING!
HUGH!
RAUCHIG
MEDIZINM

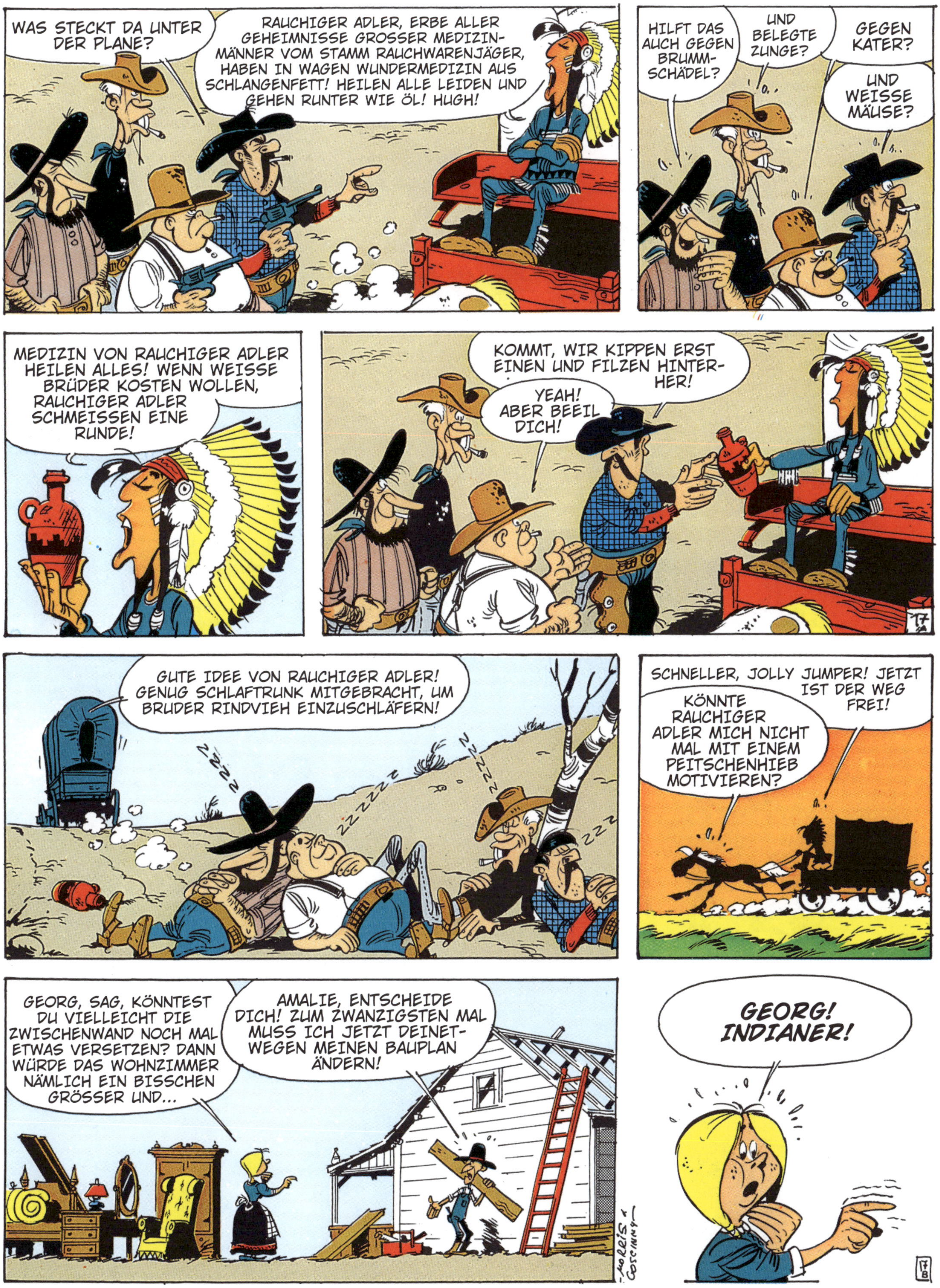
WAS STECKT DA UNTER DER PLANE?
RAUCHIGER ADLER, ERBE ALLER GEHEIMNISSE GROSSER MEDIZINMÄNNER VOM STAMM RAUCHWARENJÄGER, HABEN IN WAGEN WUNDERMEDIZIN AUS SCHLANGENFETT! HEILEN ALLE LEIDEN UND GEHEN RUNTER WIE ÖL! HUGH!
HILFT DAS AUCH GEGEN BRUMMSCHÄDEL?
UND BELEGTE ZUNGE?
GEGEN KATER?
UND WEISSE MÄUSE?
MEDIZIN VON RAUCHIGER ADLER HEILEN ALLES! WENN WEISSE BRÜDER KOSTEN WOLLEN, RAUCHIGER ADLER SCHMEISSEN EINE RUNDE!
KOMMT, WIR KIPPEN ERST EINEN UND FILZEN HINTERHER!
YEAH! ABER BEEIL DICH!
GUTE IDEE VON RAUCHIGER ADLER! GENUG SCHLAFTRUNK MITGEBRACHT, UM BRUDER RINDVIEH EINZUSCHLÄFERN!
SCHNELLER, JOLLY JUMPER! JETZT IST DER WEG FREI!
KÖNNTE RAUCHIGER ADLER MICH NICHT MAL MIT EINEM PEITSCHENHIEB MOTIVIEREN?
GEORG, SAG, KÖNNTEST DU VIELLEICHT DIE ZWISCHENWAND NOCH MAL ETWAS VERSETZEN? DANN WÜRDE DAS WOHNZIMMER NÄMLICH EIN BISSCHEN GRÖSSER UND...
AMALIE, ENTSCHEIDE DICH! ZUM ZWANZIGSTEN MAL MUSS ICH JETZT DEINETWEGEN MEINEN BAUPLAN ÄNDERN!
GEORG! INDIANER!
MORRIS & GOSCINNY

MEIN GEWEHR! MEIN GEWEHR! WO HAST DU BLOSS MEIN GEWEHR HINGERÄUMT?
IN DIE KOMMODE! IN DIE ZWEITOBERSTE SCHUBLADE! DIE PATRONEN SIND IM SALZFASS! DAS SALZFASS IST IM KÜCHENSCHRANK, UND DER KÜCHENSCHRANK IST...
HOME SWEET HOME
RAUCHIG
MEDIZIN
FEUER SPEIENDER STOCK WERDEN NICHT GEBRAUCHT, BLEICHGESICHT! RAUCHIGER ADLER SEIN GUTER INDIANER!
LUCKY LUKE!
HELFEN SIE MIR BEIM ABLADEN!
GENAU DER FARBTON, DEN ICH MIR GEWÜNSCHT HABE, MISTER LUKE!
18 A
ALSBALD BEGIBT SICH JEDER AN DIE ARBEIT...
HOME SWEET HOME
UND SO WÄCHST ZU ERSTEN MAL EIN STACHELBEER... ÄH... DRAHTZAUN AUF DER PRÄRIE!
AMALIE, ICH GLAUBE, DU SOLLTEST LIEBER SCHON MAL DIE PATRONEN AUS DEM SALZFASS HOLEN!
MORRIS + GOSCINNY
18 B

DAS MUSS ICH DEM BOSS SAGEN!
ICH ERÖFFNE MIT ZWEI KÜHEN!
BOSS! GEORG KRAUT HAT SEINE FARM MIT STACHELDRAHT EINGEZÄUNT!
STACHELDRAHT?! STACHELDRAHT AUF DER PRÄRIE?!
ER WAGT ES, UNS HINTER STACHELDRAHT ZU SPERREN?
HALLO, NACHBAR! DARF ICH SIE ZU EINER TASSE TEE EINLADEN?
DU WIRST GLEICH MIT WAS GELADEN, MEIN LIEBER!
PENG!
NUR SIE WAREN ZUM TEE GELADEN, CASEY, NICHT IHRE KUGELN!
SCHON DER ZWEITE REVOLVER, DEN ER MIR AUS DEN FINGERN SCHIESST! DAS KANN SO NICHT WEITERGEHN!
BOSS, DARF ICH SIE WAS FRAGEN?
FRAG SCHON!
WAS IST DENN DAS, TEE?
MORRIS + GOSCINNY

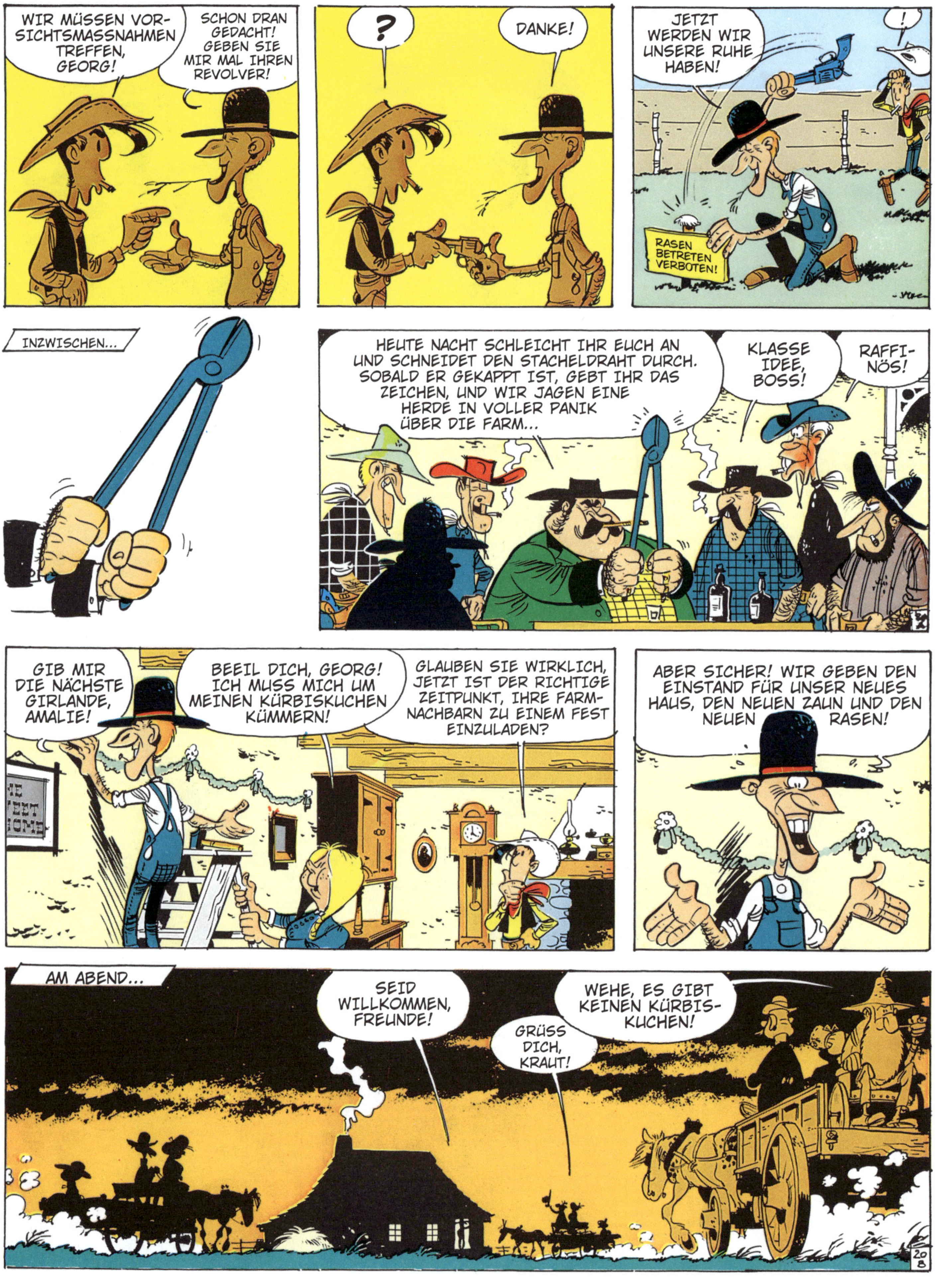
WIR MÜSSEN VORSICHTSMASSNAHMEN TREFFEN, GEORG!
SCHON DRAN GEDACHT! GEBEN SIE MIR MAL IHREN REVOLVER!
?
DANKE!
JETZT WERDEN WIR UNSERE RUHE HABEN!
!
RASEN BETRETEN VERBOTEN!
INZWISCHEN...
HEUTE NACHT SCHLEICHT IHR EUCH AN UND SCHNEIDET DEN STACHELDRAHT DURCH. SOBALD ER GEKAPPT IST, GEBT IHR DAS ZEICHEN, UND WIR JAGEN EINE HERDE IN VOLLER PANIK ÜBER DIE FARM...
KLASSE IDEE, BOSS!
RAFFINÖS!
GIB MIR DIE NÄCHSTE GIRLANDE, AMALIE!
BEEIL DICH, GEORG! ICH MUSS MICH UM MEINEN KÜRBISKUCHEN KÜMMERN!
GLAUBEN SIE WIRKLICH, JETZT IST DER RICHTIGE ZEITPUNKT, IHRE FARMNACHBARN ZU EINEM FEST EINZULADEN?
ABER SICHER! WIR GEBEN DEN EINSTAND FÜR UNSER NEUES HAUS, DEN NEUEN ZAUN UND DEN NEUEN RASEN!
AM ABEND...
SEID WILLKOMMEN, FREUNDE!
GRÜSS DICH, KRAUT!
WEHE, ES GIBT KEINEN KÜRBISKUCHEN!

AUF GEHT'S, FREUNDE! AUFGESTELLT ZUM SQUAREDANCE!
HOLT DIE DAME EURER WAHL, SCHREITET PAARWEIS IN DEN SAAL...
... SCHAUT AUF EUREN PARTNER GANZ, JETZT BEGINNT DER KONTERTANZ...
MR. LUKE! SIE SCHAUEN SO SORGENVOLL DREIN! WARUM FEIERN SIE NICHT MIT?
HM?
... 1-2-3-4 VORWÄRTS GEHN, 5-6-7-8 RÜCKWÄRTS - STEHN!...
SIE TANZEN JETZT MIT MIR!
ABER... ABER ICH...
21 A
... PROMENADE - KAVALKADE, ABSEITS STEHN WÄR VIEL ZU SCHADE...
... DAMENKETTE UND FIGUREN, SQUAREDANCE BRINGT EUCH NOCH AUF TOUREN...
RAUCHIGER ADLER SIEHT NICHT GERADE HAPPY AUS!
GANZ IN DER NÄHE...
TSCHACK!
... UND ETWAS WEITER WEG...
PASST GUT AUF DAS SIGNAL AUF!
MUUUUH!
MUUUUH!
MUUUUH!
21 B

DAS WAR DAS ZEICHEN! AUF GEHT'S!
JA-HUUUUU!
WA, WA, WA, WA, WAAAH!
PENG
DIE DAMEN NEIGEN SICH JETZT HEITER, DIE HERREN TANZEN DANN NOCH WEITER...
?
HOME SWEET HOME
AUFHÖREN MIT DER MUSIK! EINE HERDE RINDER KOMMT DIREKT AUF UNS ZU!
RUMMMM! RUMMMMM! MUUH... MUUUUHHH!
AMALIE, WO IST MEIN GEWEHR?
MEIN SCHIESS-EISEN, SARAH!
ELISABETH, MEINEN SÄBEL!
NICHT RAUS-GEHEN!!! SIE WERDEN NIEDER-GETRAMPELT!
DIE PRÄRIE GEHÖRT DEM RINDVIEH! ZUM TEUFEL MIT DEN FARMERN!! JA-HUUUUU!
NACH ENDLOSEN MINUTEN...
DER LÄRM ENT-FERNT SICH!
JA! SIE SIND WEG! GOTT SEI DANK HAT DAS HAUS GEHALTEN!
MÖÖÖH!

GROSSVATER IST WEG!
ICH HAB GESEHEN, WIE ER IN DIE RICHTUNG GEROLLT IST... DER HERDE NACH... MIT DEM SÄBEL IN DER HAND...
ER HAT GESCHRIEN: "ZUM ANGRIFF!" ... WIE IN DEN WILDWESTGESCHICHTEN!
ICH SUCHE IHN!
ICH GLAUB, DA VORNE IST ER!
SCHNELLMERKER! ES DÜRFTE NÄMLICH NICHT SEHR VIELE OPAS GEBEN, DIE MIT DEM SÄBEL IN DER HAND IM ROLLSTUHL ÜBER DIE PRÄRIE ZISCHEN!
GROSSVATER! WARTEN SIE!
SEIEN SIE DOCH VERNÜNFTIG, GROSSVATER! DIE SIND ÜBER ALLE BERGE!
HUCH!
KOMM MIR NICHT ZU NAHE, ODER ICH SCHNEID DICH IN SCHEIBEN, GREENHORN! WAS WEISST DENN DU? DIE KOJOTEN MUSS ICH EINHOLEN!
ICH VERFOLG SIE! ICH WAR IM SEZESSIONSKRIEG! ICH HAB VOR GETTYSBURG GELEGEN! JAWOHL!
WIE SIE WOLLEN, GROSSVATER!
GRÜNSCHNABEL! BUBI! NORDSTAATLER! NEUYORKER! YANKEE!
GROSSPAPA! WIR WAREN JA SO...
KOMM MIR NICHT ZU NAHE! PRÄRIEHUNDE! STINKTIERE!

HIER IST EIN STÜCK KÜRBIS-KUCHEN, GROSSVÄTERCHEN!
LASST MICH MIT EUREM KUCHEN IN RUHE! IHR DÄMLICHEN SCHAFE! WIESO LASST IHR EUCH DENN VON DEN KUHHIRTEN DERART INS BOCKSHORN JAGEN? WENN IHR EUCH NICHT WEHRT, ZERSTÖREN SIE EUCH NOCH ALLE EURE FARMEN! ZU DEN WAFFEN!
HÖRT ZU...
GROSSVATER HAT RECHT! ZU DEN WAFFEN! NIEDER MIT DEN RINDERZÜCHTERN! ES LEBEN DIE FARMER UND ES LEBE DER STACHELDRAHT! DER STACHELDRAHT IST DAS SYMBOL UNSERER FREIHEIT!
JAWOHL!
GEORG HAT RECHT! ZU DEN WAFFEN!
ALLES ODER NICHTS! NIEDER MIT DEN VIEHZÜCHTERN!
NA ALSO! UND WO BLEIBT NUN DER KUCHEN?
IMMER MIT DER RUHE! IHR SEID NICHT SO GEBAUT, DASS IHR OHNE WEITERES DEN KAMPF MIT CASS CASEYS COWBOYS AUFNEHMEN KÖNNT!
GEORG, BERUHIGE DICH... DU WEISST DOCH, WENN DU DICH AUFREGST, KRIEGST DU WIEDER SODBRENNEN!
WIR BILDEN EINE BÜRGERWEHR!
GENAU! ABER WER BILDET UNS AUS?
ICH? OH NEIN! DAS SCHLAGT EUCH AUS DEM KOPF! ICH WERDE NIEMANDEM HELFEN, AUS DER PRÄRIE EIN SCHLACHTFELD ZU MACHEN! IHR WÄRT SOWIESO DIE ERSTEN OPFER DIESES KRIEGES! WENDET EUCH LIEBER AN DIE ZUSTÄNDIGEN BEHÖRDEN!
HIER HABEN EINZIG UND ALLEIN DIE RINDERZÜCHTER DAS SAGEN!
ICH VERSCHWINDE, BIS IHR EUCH BERUHIGT HABT UND MAN WIEDER VERNÜNFTIG MIT EUCH REDEN KANN!
INZWISCHEN IM SALOON VON COW GULCH...
UNSER ÜBERFALL WAR EIN VOLLER ERFOLG! VON JETZT AN SOLL JEDE HERDE, BEVOR SIE ZUR STATION GETRIEBEN WIRD, MINDESTENS EINE FARM IN DER GEGEND VERWÜSTEN!
ZUR FEIER DES TAGES SCHMEISSE ICH 'NE RUNDE!
HAU SCHON MAL 50 STEAKS IN DIE PFANNE!
EIN HOCH AUF DIE RINDVIECHER!

NACH CASEYS ANWEISUNGEN TREIBEN DIE COWBOYS IHRE RINDER AUF DEN SELTSAMSTEN WEGEN ZUR BAHN...
BAHNHOF
FARM
FARM
PFERCH
FARM
PFERCH
PFERCH
FARM
FARM
FARM
TAUSENDE VON HUFEN...
... ZERTRAMPELN DEN BODEN...
BADABUMM! BADABUMM!
DRÖÖÖÖÖÖÖÖÖÖÖÖÖÖÖÖÖÖHN!
Home Sweet Home
DIE ERSCHRECKTEN FARMER...
Home Sweet Home
... ZITTERN IN IHREN HÄUSERN!
ACH, WENN DOCH DER OBERST NOCH UNTER UNS WEILTE. DEN BRACHTE NICHTS ZUM WANKEN.
GEGEN DIE WILDEN COWBOYS...
JA-HUUUU!
... GIBT ES NUR WENIG WIDERSTAND.
KOMMT MIR NOCH MAL MIT EUREN BLÖDEN RINDVIECHERN!
JA-HUUUU!
MUUUH!
BOSS, ICH FRAGE MICH, OB DIESE ART JOGGING DEN RINDERN BEKOMMT?
DU DENKST ZU VIEL, TEX! ALLZU VIEL DENKEN FÜHRT NUR ZU BLEIVERGIFTUNG!
TATSÄCHLICH SIND LANGFRISTIG FOLGEN FESTZUSTELLEN... IN NEW YORK...
UNGENIESSBAR, DAS STEAK!
JA, ICH WEISS AUCH NICHT, WAS LOS IST, ABER ZURZEIT BEKOMME ICH NUR ZÄHES RINDFLEISCH...

Yellow Fever BUGLE
FARMER MACHEN RINDER NERVÖS
Wieder drei Farmen durch Viehherden verwüstet! Man spricht von einer Provokation durch die Farmer!
Kauft euer Vieh bei CASS CASEY.
IN EINEM SALOON IN YELLOW FEVER CITY…
LUCKY LUKE, SIE SIND UNSERE LETZTE HOFFNUNG…
WIR MÖCHTEN IN FRIEDEN LEBEN, ABER CASS CASEY WILL UNS VERNICHTEN. ER BLEIBT STUR, UND DIE ARMEE BEHAUPTET, SIE HABE KEINE RECHTLICHE HANDHABE, UM EINZUGREIFEN!
EINVERSTANDEN! CASS CASEY ÜBERTREIBT. ICH WERDE EUCH HELFEN!
HURRA!
BRAVO!
BARMANN! EINE RUNDE GEMÜSESUPPE!
AM NÄCHSTEN MORGEN…
MEINE HERREN, WIR BEGINNEN MIT DER GRUNDAUSBILDUNG!
QUATSCH AUSBILDUNG! ZUM ANGRIFF!
RUHE IM GLIED!

MAL SEHEN, WIE WEIT'S MIT IHRER SCHIESSKUNST HER IST! DAZU BRAUCHEN WIR EINE ZIELSCHEIBE!
ICH HOL WAS AUS DEM HAUS!
SEHR GUT!
SCHÜTZE EINS... VORTRETEN!
ICH BIN DOCH NICHT HIER, UM AUF VASEN ZU SCHIESSEN. ICH WILL KÄMPFEN!
PENG!
OH!
WER WAR DAS?!
MEINE VASE! DIE VASE, DIE MIR MUTTER...
ABER AMALIE, ES GEHT DOCH UM DIE VERTEIDIGUNG DER FREIHEIT!
MEINE SCHÖNSTE VASE!
WIR KÖNNTEN JA AUCH AUF DEN TOPF DA SCHIESSEN?
ALSO LOS!
PENG!
KLIRR!
MEINE VASE!
MORRIS & GOSCINNY

FEUER FREI!
PENG! PENG!
PENG!
PENG!
PENG!
PENG!
HURRA! BRAVO! SEHR GUT!
GETROFFEN!
WIR MÜSSEN GROSSVATER HOLEN! DER RÜCKSTOSS VON SEINEM SCHIESSEISEN HAT IHN IN DEN TÜMPEL GESCHLEUDERT…
LACHT NICHT SO BLÖD, SONDERN HOLT MICH HIER RAUS, IHR GRÜNSCHNÄBEL!
PASST AUF! JETZT ÜBEN WIR MIT JOLLY JUMPER LASSOWERFEN!
O SCHANDE! DAS SPIELCHEN IST DER REINSTE VERRAT AN MEINEM BERUF!
UND HOPP! SO EINFACH IST DAS!
PAH! ICH HÄTT MICH BLOSS ZU DUCKEN BRAUCHEN, DANN SÄSS ER JETZT AUF DEM HINTERN!
JETZT ICH! JETZT ICH!
DAS MACHEN SIE JA GROSSARTIG, GROSSVATER!
DAS KONNTE ICH SCHON, ALS DEINE GROSSMUTTER NOCH DEINES VATERS WINDELN WUSCH, DU GRÜNSCHNABEL!
ES HAT GEKLAPPT! HURRA, OPA!
NEIN! JOLLY JUMPER! HALT!
HI, HI, HI, HI, HI!

NACH INTENSIVER AUSBILDUNG UNTER DER LEITUNG VON LUCKY LUKE HABEN DIE FARMER BEACHTLICHE FORTSCHRITTE GEMACHT...
BRAVO!
WENN ICH DARAN DENKE, DASS ICH MEINE ALTE HEIMAT VERLASSEN HABE, UM DEN MILITÄRDIENST ZU UMGEHEN...
RUHE! LINKS, ZWO, DREI, VIER...
HABEN SIE MEINEN MANN GESEHEN? AUFRECHT WIE EIN GENERAL!
HURRA!
EIN HOCH AUF DIE FARMER!
BOSS, DIE FARMER SPIELEN SOLDAT!
PAH! DIE SIND AUS DEM SPIEL! SIE HABEN AUCH KEINEN STACHELDRAHT MEHR UM IHRE FARMEN GEZOGEN! BALD VERJAG ICH SIE ENDGÜLTIG VON HIER!
IM SELBEN MOMENT...
SO, JETZT KÖNNEN WIR NEUEN STACHELDRAHT BESORGEN.
DER TRECK IST BEREIT, LUKE!
VORWÄRTS!
EINIGE TAGE SPÄTER KEHRT DER WAGENZUG WIEDER AUS DEM OSTEN ZURÜCK, VOLL MIT BRISANTER LADUNG: MIT STACHELDRAHT...
MORRIS + GOSCINNY
ÜBERALL HERRSCHT PANIK...
SIND SIE SICHER, DASS DIE FARMER MIT EINEM WAGENZUG VOLL STACHELDRAHT ZURÜCKGEKOMMEN SIND?
WENN IN DIESER GEGEND VON STACHELDRAHT DIE REDE IST, DANN HAU ICH ERST AB UND STELLE DANN DIE FRAGEN!
ZU VERKAUFEN
OKAY, BOYS! REITET IHNEN ENTGEGEN, HAUT ALLES KURZ UND KLEIN UND BRINGT MIR LUCKY LUKE GETEERT UND GEFEDERT!

DAS WIRD DER REINSTE SONNTAGSAUSFLUG, JUNGS!
YEAH! WENN DIE FARMER UNS SEHEN, HAUEN SIE AB WIE DIE HASEN!
DALLI, DALLI, JOE!
ICH HAB DEN TEER! HÄTT ICH DIE FEDERN, WÄR ICH SCHNELLER!
FEDERN
DER TRECK! JETZT HEISST'S AUF DRAHT SEIN!
DA SIND SIE! MANÖVER NR. 1: EINEN KREIS BILDEN!
MANÖVER NR. 2: PFERDE AUSSPANNEN!
FEUER!
FEDERN
VON WEGEN SONNTAGSAUSFLUG!
MANÖVER NR. 4: ALLE MANN AUFSITZEN!

MANÖVER NR. 5: LASSO WERFEN!
BRAVO, GROSSVATER!
MANÖVER NR. 6: TEER UND FEDERN VORBEREITEN!
BALD...
BOSS! DIE COWBOYS SIND ZURÜCK...
ENDLICH! SOLLEN REINKOMMEN!
SIE TRAUEN SICH NICHT REIN... ES IST BESSER, WENN SIE RAUSGEHEN...
?
?!?!? !?!?!
MORRIS & GOSCINNY
ÄH... IST... IST EINER VON EUCH LUCKY LUKE?
TJA... NEIN... ABER WIR HABEN IHN EBEN NOCH GESEHEN...
IHR ...! MACHT EUCH SAUBER! ICH BRAUCH EUCH!

HAB ICH NICHT GESAGT, DU SOLLST WOANDERS SPIELEN?
ENDLICH FREI!
JETZT, WO DIE KUHHIRTEN UNS NICHT MEHR STÖREN, KÖNNEN WIR ENDLICH RICHTIG AN DIE ARBEIT GEHN!
ZUERST SÄE ICH MEINEN RASEN!
WIE SOLL BEI DER TROCKENHEIT HIER RASEN SPRIESSEN?
ICH HAB DOCH EINEN TIEFEN BRUNNEN!
STACHELDRAHT! RASEN! DAS GEHT ZU WEIT! SCHAFFT UNSER ZEUG HER!
DRAHTSCHEREN, TEER, FEDERN! IHR WISST, WAS IHR ZU TUN HABT... UND ZWAR NOCH HEUTE NACHT!
TEER
FEDERN

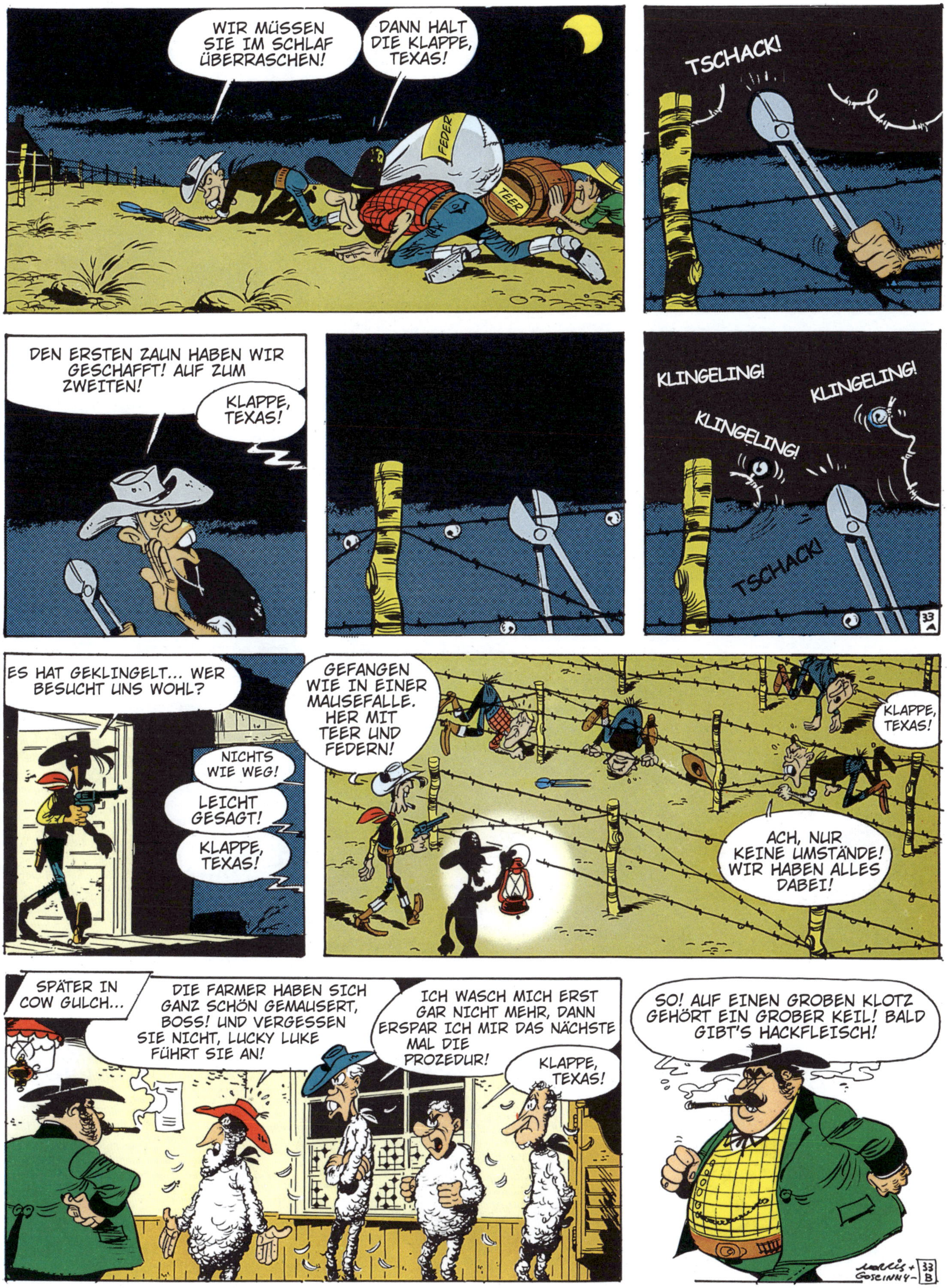

WIR MÜSSEN SIE IM SCHLAF ÜBERRASCHEN!
DANN HALT DIE KLAPPE, TEXAS!
FEDER
TEER
TSCHACK!
DEN ERSTEN ZAUN HABEN WIR GESCHAFFT! AUF ZUM ZWEITEN!
KLAPPE, TEXAS!
KLINGELING!
KLINGELING!
KLINGELING!
TSCHACK!
33 A
ES HAT GEKLINGELT... WER BESUCHT UNS WOHL?
NICHTS WIE WEG!
LEICHT GESAGT!
KLAPPE, TEXAS!
GEFANGEN WIE IN EINER MAUSEFALLE. HER MIT TEER UND FEDERN!
KLAPPE, TEXAS!
ACH, NUR KEINE UMSTÄNDE! WIR HABEN ALLES DABEI!
SPÄTER IN COW GULCH...
DIE FARMER HABEN SICH GANZ SCHÖN GEMAUSERT, BOSS! UND VERGESSEN SIE NICHT, LUCKY LUKE FÜHRT SIE AN!
ICH WASCH MICH ERST GAR NICHT MEHR, DANN ERSPAR ICH MIR DAS NÄCHSTE MAL DIE PROZEDUR!
KLAPPE, TEXAS!
SO! AUF EINEN GROBEN KLOTZ GEHÖRT EIN GROBER KEIL! BALD GIBT'S HACKFLEISCH!
MORRIS + GOSCINNY
33 B

SCHICK DIE TELEGRAMME AB!
DA CASS CASEY EINSIEHT, DASS DIE FARMER SEINER MACHT GEFÄHRLICH WERDEN, BESCHLIESST ER, SEINESGLEICHEN ZU HILFE ZU RUFEN. ER BITTET DIE RINDERKÖNIGE ZU EINEM KONGRESS NACH COW GULCH. IHRE HERDEN SOLLEN SIE BEI DER GELEGENHEIT GLEICH MITBRINGEN...
WAS SPRECHEN BLEICHGESICHTER?
BSM BSM BSM...
GROSSE VIEHBARONE WIE MEATY BONES...
EIN TELEGRAMM AUS COW GULCH FÜR SIE, BOSS!
... CHOPS MURPHY...
DER ALTE CASEY! ALS WIR UNS KENNEN LERNTEN, WAREN WIR BEIDE NOCH ZWEI SPINDELDÜRRE KLEINE COWBOYS!
... ROASTY ROWLINGS...
TREIBT DIE HERDE ZUSAMMEN! ICH REISE SOFORT NACH COW GULCH!
VOR ODER NACH DEM DRITTEN STEAK?
... UND SIRLOIN WALDO.
MEIN TÄUBCHEN, ICH VERSPRECHE DIR, WEINACHTEN FAHREN WIR NACH NEW YORK! WIR BEIDE ALLEIN, WIE VERLIEBTE, OHNE HERDE!
NIE WERDEN WIR FRAUEN MIT EINGELADEN!
34 A
ICH HAB´S MIR DOCH GLEICH GEDACHT! CASS CASEY HAT VIEL ZU LANG STILLGEHALTEN. JETZT ZIEHT EINE HERDE NACH DER ANDEREN NACH COW GULCH!
IN COW GULCH HAT CASS CASEY ALLES GUT VORBEREITET...
ALLES KLAR?
ÜBERZEUGEN SIE SICH SELBST, BOSS!
ES LEBE DAS STEAK
DENN FLEISCH IST EIN STÜCK LEBENSKRAFT
WILLKOMMEN, RINDVIECHER AUS ALLEN LANDEN!
... BLÜMELEIN, HERZ ERFREUN...
... BLÜMELEIN, HERZ ERFREUN...
GEFÄLLT MIR AUSGEZEICHNET! SEHR GESCHMACKVOLL!
ZUM LETZTEN MAL, TEXAS! PUTZ DIR DAS ZEUG AB!
NEIN!
DIE HERDEN! DIE HERDEN KOMMEN!
MORRIS & GOSCINNY
34 B

MEATY BONES!
CASS CASEY! WIE GEHT'S, DU ALTES URVIECH?
MUUUUH!
SIRLOIN WALDO, CHOPS MURPHY, ROASTY ROWLINGS UND DIE ANDEREN KOMMEN MIT IHREN HERDEN NACH!
KOMMT ALLE AUF DIE TRIBÜNE! ICH HABE EINE KLEINE BEGRÜSSUNGSZEREMONIE VORBEREITET!
STEAK WILLYS! KOMM RAUF!
BRINGT MEINEN PREISGEKRÖNTEN BULLEN IN DAS BESTE ZIMMER VOM BESTEN HOTEL, IST DAS KLAR?
JETZT BIST DU DRAN! SPRICH SCHÖN DEUTLICH UND VERGISS NICHT DEN KNICKS!
ICH BIN NEUGIERIG, OB DIE TRIBÜNE HÄLT!
GIB HER, MEIN KLEINES!
DIESE KLEINEN BLÜMELEIN...
KRAAACKS!
KOMMT, FREUNDE! IM SALOON WARTET EIN FESTESSEN AUF UNS!
ERSTAUNLICH, DASS EIN TIER, DAS SO KÖSTLICH SCHMECKT WIE EIN RIND, SICH NUR VON GRAS ERNÄHRT!
NOBODY IS PERFECT!

AUF DER FARM DER KRAUTS...
ICH REITE NACH COW GULCH, MAL SEHEN, WAS SICH DA TUT...
NACH COW GULCH?! ABER LUKE, WENN DIE VIEHZÜCHTER SIE ERKENNEN, KNÜPFEN SIE SIE AM NÄCHSTEN AST AUF!
BEI DEN MENSCHENMASSEN IN COW GULCH ACHTET NIEMAND AUF MICH! AUSSERDEM VERKLEIDE ICH MICH EIN BISSCHEN!
WENIG SPÄTER...
ICH GLAUBE, SO WIRD ES GEHEN!
VIELLEICHT! ABER ALS VIEHZÜCHTER BRAUCHEN SIE DOCH EINE HERDE!
WIR HABEN JA NOCH DAS KALB VOM LETZTEN ÜBERFALL! ES HAT ZUM GLÜCK NOCH KEIN BRANDZEICHEN! DAS GENÜGT FÜR DEN ZWECK!
MORRIS & GOSCINNY
LUKE! DAS IST DOCH WAHNSINN!
MACHEN SIE SICH KEINE SORGEN!
KEINE SORGEN, MEINT ER? DABEI BIN ICH VIELLEICHT DAS ERSTE PFERD IM WILDEN WESTEN, DAS GEHÄNGT WIRD!
36 A
MÖÖH!
HALT, FREMDER! WER SIND SIE UND WAS WOLLEN SIE IN COW GULCH?
ICH BIN HAMBURGER JONES, RINDERZÜCHTER!
IST DAS IHRE GANZE HERDE?
ICH BIN JUNGZÜCHTER!
O.K.! BEEILEN SIE SICH, SONST KOMMEN SIE ZU SPÄT ZUR ZÜCHTERVERSAMMLUNG IM SALOON!
DIE GANZE HERDE MARSCH! JA-HUUU!
MÖÖH?
36 B

NA, IN DIESER STADT IST JA ALLERHAND LOS...
SO, KLEINES, GEH UND SUCH DIR EIN PAAR SPIEL-KAMERADEN!
ZUM BEEFSTEAK
UND DU, JOLLY JUMPER, WARTEST AUF MICH IN DIESER KLEINEN SEITENGASSE AM SALOON!
VIELLEICHT MUSS ICH MEINEN RÜCKZUG DURCH DIESES FENSTER ANTRETEN!
WIR COWBOYPFERDE SIND SOWIESO IMMER ERSTAUNT, WENN WIR UNSERE REITER WIE GEWÖHNLICHE MENSCHEN DURCH DIE TÜR HER-AUSKOMMEN SEHEN!
LIEBE FREUNDE! WISST IHR ÜBERHAUPT, WARUM ICH EUCH UND EURE FREUNDE HERGERUFEN HAB?
WEGEN DER TROCKENHEIT, DIE UNSERE WEIDE-GRÜNDE BEDROHT?
NEIN! UM DEN AUFSTAND DER FARMER NIEDERZUSCHLAGEN, DIE DIE FRECHHEIT BESITZEN, STACHELDRAHT ÜBER DIE PRÄRIE ZU ZIEHEN UND UNSEREN RINDERHERDEN DEN FREIEN WEG ZU VERSPERREN!
STACHELDRAHT?
HELFT IHR MIR, DIE FARMER ZU VERJAGEN?
JAWOLL!
ES LEBE CASEY!
NIEDER MIT DEN FARMERN!

GUT, ICH HABE GENUG GEHÖRT! AUSSERDEM WIRD'S MIR HIER ETWAS ZU HEISS UNTER...
HE, FREMDER, WER SIND SIE?
HAMBURGER JONES, ZÜCHTER!
HEY! LEUTE! DA IST EINER, DER SIEHT AUS WIE EIN SPITZEL! SCHAUT DOCH MAL, WIE DÜRR DER IST!
EIN SPITZEL! LASST IHN NICHT ENTKOMMEN!
PENG!
HALTET IHN! DAS IST LUCKY LUKE! SO SCHIESST NUR EINER!
KLIRR!
PATSCH!
HI, HI, HI, HI, HI, HI, HI! ER HAT SICH IM FENSTER GEIRRT! ER HAT SICH IM FENSTER GEIRRT!
HÖR AUF ZU WIEHERN UND GALOPPIERE!
PAH! LASST IHN LAUFEN! MORGEN ZERSCHNEIDEN WIR SOWIESO IHREN STACHELDRAHT UND TREIBEN UNSERE HERDEN ÜBER IHRE FARMEN!
ABER DAS PROBLEM MIT DER TROCKENHEIT?
MORRIS & GOSCINNY

DA KOMMT LUCKY LUKE!
HOFFENTLICH HAT ER NOCH MEINEN BART UND MEINEN ANZUG!
SCHNELL! WENN WIR NICHT VON DEN HERDEN ZERSTAMPFT WERDEN WOLLEN, IST HEUTE NACHT NOCH VIEL ZU TUN!
WÄHREND DIE FARMER DIE NACHT EIFRIG NUTZEN, ERWARTEN DIE VIEHZÜCHTER DEN NÄCHSTEN MORGEN...
EINE SOLCH KOLOSSALE HERDE KANN MAN NUR BEI TAGESLICHT TREIBEN!
DIE LANGEN STUNDEN DER NACHT SIND VORÜBER...
ICH GLAUB, WIR KÖNNEN AUFBRECHEN!
JA, ES IST ZEIT! SONST VERLÄUFT SICH DIE HERDE!
BOSS, KOMMEN SIE! HEUT NACHT IST ETWAS UNGLAUBLICHES PASSIERT!
SALOON
MORRIS + GOSCINNY
39 B

SIE HABEN ES GEWAGT, UNS HINTER STACHELDRAHT ZU SPERREN!!!!
AHA? DAS IST ALSO STACHELDRAHT?
ANGREIFEN! ANGREIFEN! MIT ALLEN MÄNNERN UND RINDVIECHERN!
MOMENT, CASS! WILLST DU ETWA UNTER DEM FEUER DER FARMER DEN ZAUN DURCHBRECHEN? DIE MACHEN UNS DOCH GLATT ZU HAMBURGERN!
WIR WÜRDEN DAS LEBEN DER MÄNNER AUFS SPIEL SETZEN!
... UND DAS DER RINDER!
DU KANNST UNSERE TIERE DOCH NICHT EINFACH ABSCHLACHTEN LASSEN!
SCHAUT! DA KOMMT EIN UNTERHÄNDLER!
40A
DAS IST LUCKY LUKE! MIT DEM RED ICH KEIN WORT!
RUHIG BLUT, CASS! DU BIST NERVÖS WIE EIN KALB VOR DEM SCHLACHTEN!
VERMEIDEN WIR UNNÖTIGEN STREIT. WARUM SOLLEN FARMER UND VIEHZÜCHTER NICHT IN FRIEDEN MITEINANDER AUSKOMMEN? DIE PRÄRIE IST GROSS GENUG FÜR ALLE! EINVERSTANDEN?
NIEMALS! MEINETWEGEN KÖNNT IHR UNS BELAGERN! WIR HALTEN AUS!
WIE SIE WÜNSCHEN! DANN WERDEN WIR SIE BE-LAGERN! AUF BALD!
UNS BELAGERN? DASS ICH NICHT LACHE! MIT DEM GANZEN VIEH HABEN WIR AUF JAHRE GENUG ZU ESSEN!
ABER WIE LANGE HAT UNSER ESSEN WAS ZU ESSEN?
40B

DIE LAGE DER BELAGERTEN VIEHZÜCHTER VON COW GULCH VERSCHLECHTERT SICH RASCH...
DU HAST UNS GANZ SCHÖN REINGE-RITTEN, CASS!
DIE RINDER VERHUNGERN VOR UNSEREN AUGEN! BEI DER TROCKEN-HEIT WÄCHST KEIN GRAS!
ES GIBT KEIN GRAMM GEMÜSE MEHR IN COW GULCH...
... UND KEIN WASSER! DIE TIERE VER-DURSTEN!
UM DEN DURST DER RINDER ZU STILLEN, WERDEN DIE TRÄNKEN MIT WHISKEY UND BIER GEFÜLLT...
?!
MUUUH!
MUUUH!
RIESENSCHWEINEREI! RINDVIECHER SO ZU TRAKTIEREN! HICKS!
MEINE GEDULD HAT EIN ENDE! JETZT GEHT'S UM DIE WURST, LUCKY LUKE!
LUCKY LUKE! KOMM RAUS UND LASS UNS DIE SACHE UNTER EHRENMÄNNERN REGELN!
ICH GEB DIR 30 SEKUNDEN, UM DEN FARMERN DEN BEFEHL ZUM RÜCKZUG ZU GEBEN... SONST ZIEH ICH!
WIR WERDEN NICHT WEICHEN, CASEY!
30 SEKUNDEN, ICH SCHAU AUF DIE UHR...
PENG!
VERFLIXT!
PENG!
PENG!
PENG!

WAS MACHEN DENN DIE FARMERFRAUEN DA VORN?
SIE DREHEN DIE ARME WIE WINDMÜHLENFLÜGEL...
WARUM DENN DAS?
DAS KENNE ICH! DAS HAB ICH MAL IM OSTEN GESEHEN! SIE TROCKNEN SALAT!
SALAT? DIE HABEN SALAT TROTZ DER TROCKENHEIT?
SALAT! DAMIT KÖNNTEN WIR DOCH UNSER VIEH RETTEN!
ICH GLAUBE, SIE SIND REIF! GEHEN WIR MAL HIN, GEORG?
SIE SIND DER BOSS, LUKE!
HE, CASS! KOMM MAL HER! SIE WOLLEN WIEDER VERHANDELN!
MEINE HERREN, MEIN FREUND HAT IHNEN EINEN VORSCHLAG ZU MACHEN!
IHR VIEH SCHEINT WEGEN DER TROCKENHEIT HUNGER ZU LEIDEN! WIR FARMER KONNTEN DANK UNSERER BRUNNEN UNSER LAND BEWÄSSERN UND EINEN SCHÖNEN, DICHTEN RASEN ZÜCHTEN...
... WENN SIE FRIEDEN MIT UNS SCHLIESSEN, SIND WIR EINVERSTANDEN, DASS IHR VIEH AUF UNSEREN WEIDEN GRAST...
JIPPIEE!
JA-HUUU!
EINVERSTANDEN, FARMER!
MACHT DEN STACHELDRAHT AUF!
ICH WILL NICHTS VON DEN FARMERN UND IHREM SALAT WISSEN!
MORRIS & GOSCINNY

JAIJAIJAIJAI!!!
JA-HUUU!
ALSO, BOSS, WAS MACHEN WIR JETZT?
TJA, WAS MACHEN WIR? WIR GEBEN ZU, DASS WIR UNS WIE DIE RINDVIECHER BENOMMEN HABEN! TREIBT DIE HERDE ZUM GRASEN ZU DEN FARMERN, WENN DIE EINVERSTANDEN SIND...
SIE HABEN RECHT! DER WESTEN IST GROSS GENUG FÜR JEDERMANN! UNSERE HERDEN WERDEN IHRE FARMEN RESPEKTIEREN!
UND WIR WERDEN DEN STACHELDRAHT DURCH OBSTBÄUME UND HECKEN ERSETZEN.
MR. CASEY, DARF ICH SIE ZU EINER GEMÜSESUPPE EINLADEN?
MIT VERGNÜGEN, MADAM! WOLLT ICH SCHON LANG MAL PROBIEREN!
ABER...
ABER...
ABER ES REGNET JA! DIE TROCKENHEIT IST VORBEI!
SO EIN SAUWETTER!
UND SO BLEIBT DAS VIEH ALLEIN IM STRÖMENDEN REGEN, DER AUS DER STEPPE WIEDER WEIDE MACHT...
ENDLICH WASSER!
SAG DAS NICHT! AN KENTUCKY STRAIGHT KANN MAN SICH AUCH GEWÖHNEN!

ZUR VERSÖHNUNG WIRD EIN GROSSES FEST GEFEIERT...
NICHT BEWEGEN!
... VON DEM JEDER TEILNEHMER...
DANKE!
... EIN ERINNERUNGSFOTO MITNEHMEN WILL!
WAS SIND DAS FÜR GRÜNE DINGER?
ERBSEN! DU KANNST RUHIG REINHAUEN! DIE SIND ESSBAR!
VIELLEICHT NOCH ETWAS SALAT, MR. CASEY?
SEHR GERNE, MRS. KRAUT!
GIBT'S WENIGSTENS AUCH KÜRBISKUCHEN?
MEINE DAMEN UND HERREN...
44 A
... WIR VERDANKEN ES LUCKY LUKE, DASS EIN BLUTIGER KRIEG AUF DER PRÄRIE VERMIEDEN WURDE... ALLE ZUSAMMEN KÖNNTEN WIR AUS DIESEM GEBIET EINEN GARTEN EDEN MACHEN!
HOCH LEBEN DIE RINDVIECHER! HOCH LEBE DER SALAT! HOCH LEBE LUCKY LUKE!
HURRA!!!!
UND JETZT ALLES AUFGESTELLT ZUM SQUAREDANCE! LUCKY LUKE WIRD MIR DIE EHRE GEBEN, DEN BALL MIT MIR ZU ERÖFFNEN!
JA... WO IST ER DENN?
LUCKY LUKE?
LUCKY LUKE?
MORRIS & GOSCINNY
I´M A POOR LONESOME COWBOY AND A LONG WAY FROM HOME...
ENDE
44 B

STOCK EXCHANGE
SALOON
COW BOYS'
PARADISE
BILLIARDS

Das komplette LUCKY LUKE-Programm

Band 15 Band 16 Band 17 Band 18 Band 19 Band 20 Band 21 Band 22

Band 23 Band 24 Band 25 Band 26 Band 27 Band 28 Band 29 Band 30

Band 31 Band 32 Band 33 Band 34 Band 35 Band 36 Band 37 Band 38

Band 39 Band 40 Band 41 Band 42 Band 43 Band 44 Band 45 Band 46

Band 47 Band 48 Band 49 Band 50 Band 51 Band 52 Band 53 Band 54

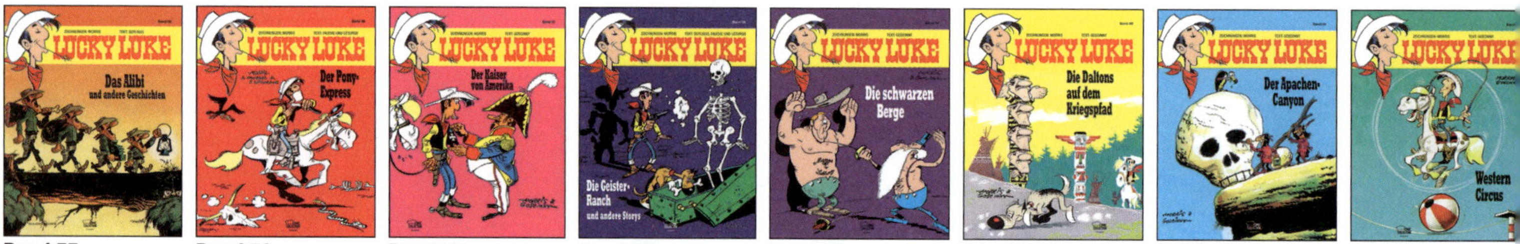

Band 55 Band 56 Band 57 Band 58 Band 59 Band 60 Band 61 Band 62

Band 63

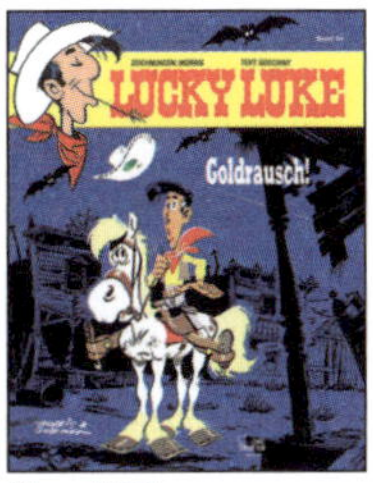

Band 64

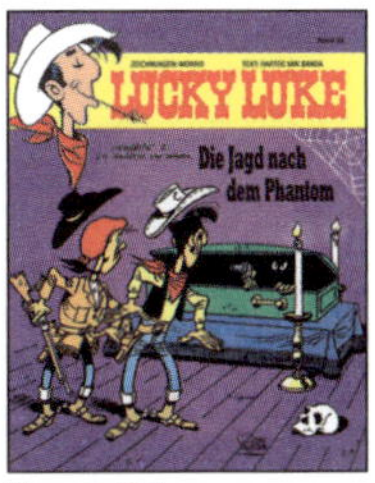

Band 65

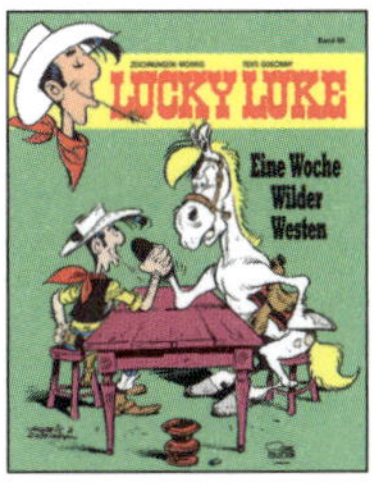

Band 66

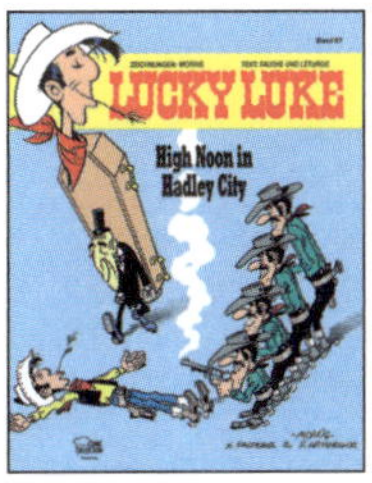

Band 67

Band 68

Band 69

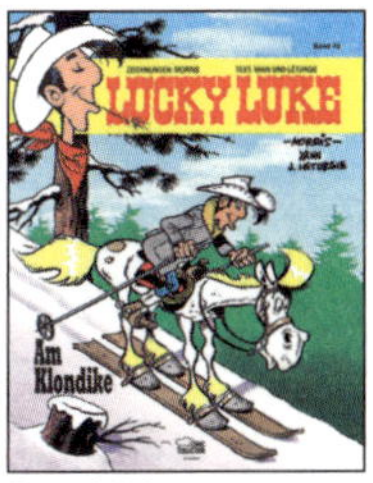

Band 70

Band 71

Band 72

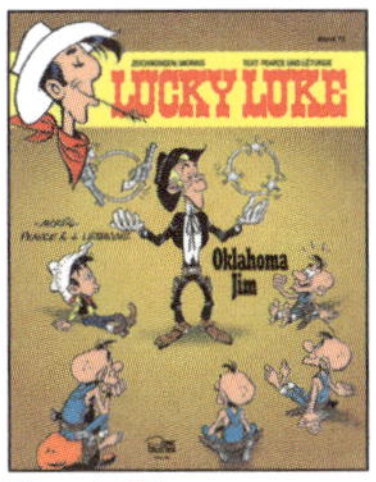

Band 73

Band 74

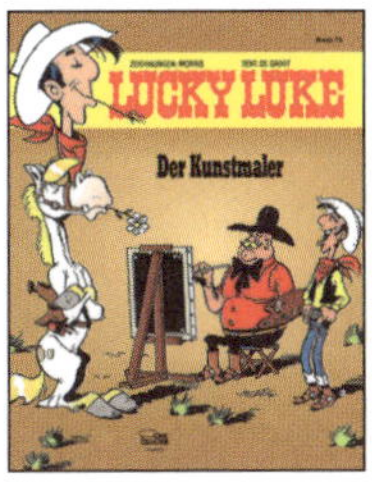

Band 75

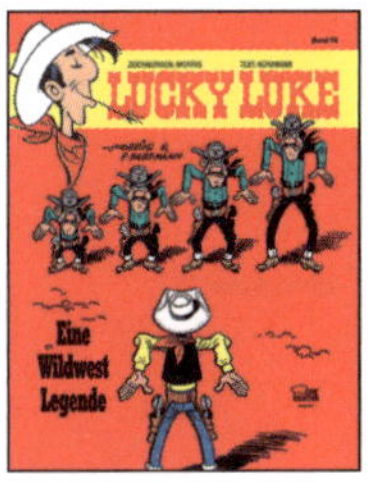

Band 76

Band 77

Band 78

Band 79

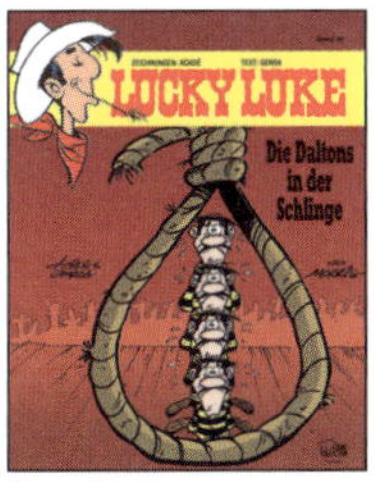

Band 80

Band 81

Band 82

Band 83

Band 84

Band 85

Band 86

Band 87

Band 88

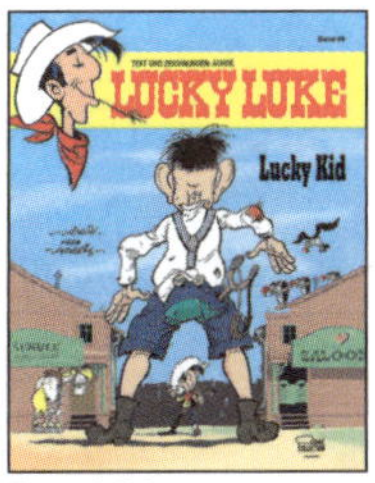

Band 89

Band 90

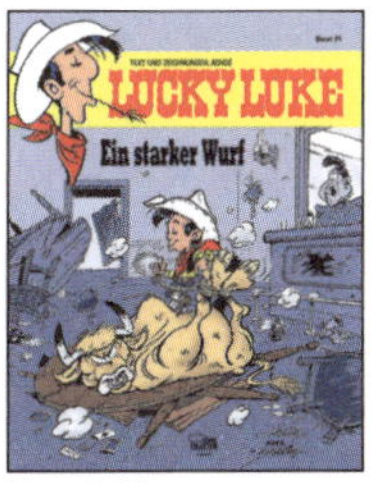

Band 91

Band 92

Band 93

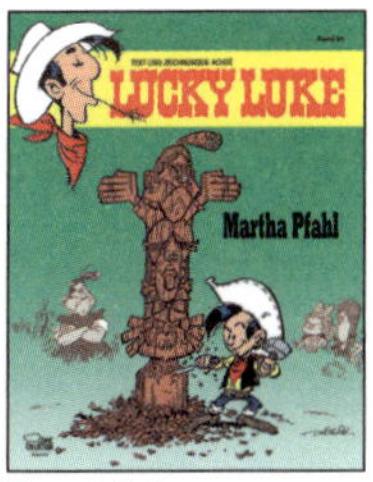

Band 94

Band 95

Band 96

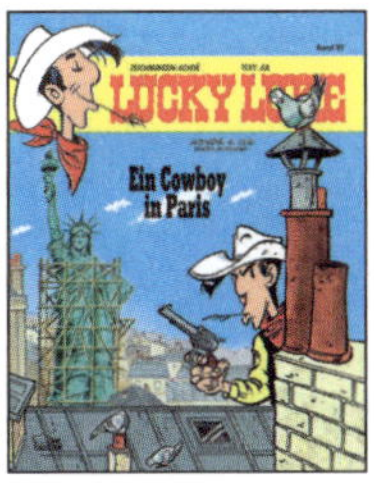

Band 97

Band 98

Band 99

Band 100

Überall im Buchhandel erhältlich!